Mon bindi

Pour ma mère, Raji, qui porte un bindi tous les jours, même quand elle dort. — G. V.

Pour Inji, qui est toujours elle-même, sans honte et sans regret. — A. S.

Catalogage avant publication de Bibliothèque et Archives Canada

Titre: Mon bindi / Gita Varadarajan ; illustrations d'Archana Sreenivasan ; texte français d'Isabelle Allard.
Autres titres: My bindi. Français.
Noms: Varadarajan, Gita, auteur. | Sreenivasan, Archana, illustrateur.
Description: Traduction de : My bindi.
Identifiants: Canadiana 20220172099 | ISBN 9781443195072 (couverture souple)
Classification: LCC PZ23.V39 Mon 2023 | CDD j813/.6–dc23

Édition publiée par les Éditions Scholastic, 604, rue King Ouest, Toronto (Ontario) M5V 1E1, Canada.

5 4 3 2 1 Imprimé en Chine 62 23 24 25 26 27

Conception graphique du livre : Rae Crawford
Le texte a été rédigé avec la police de caractères Rotis Semi Sans Std.
La police de caractères des titres a été choisie d'après la calligraphie de Rae Crawford.
Les illustrations de ce livre ont été réalisées avec du crayon à mine sur du papier et coloriées de façon numérique.

Gita Varadarajan
Illustrations de Archana Sreenivasan

Texte français d'Isabelle Allard

SCHOLASTIC

Ma mère, mon Amma, place
un gros cercle rouge sur son front.
Elle porte un bindi chaque jour...
même quand elle dort.

Amma dit que je devrais en porter un aussi,
mais j'ai peur...
que Sam se moque de moi,
que Sally l'enlève de mon front,
que Sania me trouve bizarre,
même si elle est Indienne, elle aussi.

– C'est notre culture, dit Amma.
– Tu n'as pas à avoir honte, ajoute mon père. Tu serais si jolie avec un bindi!

Je me tourne vers ma mère :
— Mais Amma, pourquoi portes-tu un bindi?
Amma réfléchit une minute.
Je vois une flamme s'allumer dans ses yeux.
Puis elle touche son bindi et répond :
— C'est ce que font les filles hindoues.
C'est notre troisième œil, entre les deux autres.
Il voit à l'intérieur de nous et nous protège.

Je me demande ce qu'elle veut dire.
– Tu le sentiras quand tu le porteras, ajoute-t-elle.

Ce soir-là, je me retourne dans mon lit.
Et je rêve au cercle rouge sur le front d'Amma.

Lorsque je me prépare pour l'école
le lendemain, Amma entre avec une boîte.
Elle me dit en souriant :
– Divya, ma chérie, le temps est venu.
Tu peux en choisir un.

J'avale ma salive et je regarde dans la jolie boîte. Je vois toute une galaxie de bindis, comme un million d'étoiles dans le ciel.

Certains sont comme des gouttes de pluie qui scintillent
dans la lumière matinale.
Certains sont comme des demi-lunes brillantes.
D'autres tourbillonnent comme des toupies.
Et d'autres luisent comme des étoiles solitaires
dans le ciel nocturne.
Je les regarde tous, chacun si beau à sa façon.

Puis je le vois!
Le bindi parfait :
un soleil éclatant,
un cercle orange étincelant,
avec une pierre brillante au centre.

— Celui-ci, dis-je avec nervosité en le tendant à Amma.
Ses bracelets tintent lorsqu'elle soulève mon menton et regarde l'espace entre mes sourcils.
Puis elle applique doucement le bindi sur mon front.

Mon front me semble lourd et mon cœur rempli. Il bat si fort qu'il pourrait exploser.

— Regarde-toi, dit Amma.

Dans le miroir,
je vois une étoile brillante.
La joie de ma mère,
la fierté de mon père.
Et je vois autre chose.
Une fille différente,
pas tout à fait comme les autres,
avec un point brillant sur le front.
Je me vois, moi.

Ai-je peur
ou suis-je fière?
Tout se mélange
dans ma tête.

Je vais à l'école comme d'habitude, mais je suis nerveuse.
Car cette journée est différente des autres.

– Qu'est-ce que c'est? demande Sam
en désignant mon front.

– Comme c'est beau! dit Sally en s'approchant pour mieux voir.
Sania écarquille les yeux, étonnée.
– C'est un bindi! s'exclame-t-elle.
Soudain, tout le monde veut me regarder!

— Qu'est-ce qui se passe?
demande Mme Gonzalez.

— Regardez le front de Divya!

Mme Gonzalez plisse les yeux.

Mon cœur s'arrête de battre une seconde.

Je me demande ce qu'elle va dire.

Puis j'entends sa voix, douce comme des vaguelettes sur la plage.

— Divya, peux-tu venir à l'avant et expliquer à la classe ce que tu portes?

Je hoche la tête et m'avance lentement.
Mes lèvres tremblent, mes épaules se soulèvent
et mon ventre se serre.

Je me sens différente,
pas tout à fait comme les autres,
avec mon point brillant sur le front.

Mes pensées flottent dans
ma tête comme des nuages.
Et puis...

Je vois autre chose.
Une étoile brillante.
La joie de ma mère.
La fierté de mon père.
Je me vois, MOI.

Je passe la main autour de mon bindi.
Et soudain,
je peux le sentir.
Comme l'avait dit Amma.

Je prends une grande inspiration
et je redresse les épaules.
Courage, me dis-je en levant
les yeux vers mon bindi.
Puis les mots jaillissent de ma bouche
comme une douce cascade.

– Voici mon bindi.
C'est plus qu'un simple point.
C'est mon troisième œil, entre mes deux autres.
Il voit à l'intérieur de moi et me protège.

Je touche mon bindi et
je sais que je n'ai plus peur.

Maintenant, je porte un nouveau bindi chaque jour à l'école.
Certains sont comme des gouttes de pluie qui scintillent dans la lumière matinale.
Certains sont comme des demi-lunes brillantes.
D'autres tourbillonnent comme des toupies et d'autres luisent comme des étoiles solitaires dans le ciel nocturne.

C'est mon œil intérieur,
mon gardien,
mon bindi...

Avec lui, je me sens MOI-MÊME et
je ne peux imaginer mon visage sans lui.

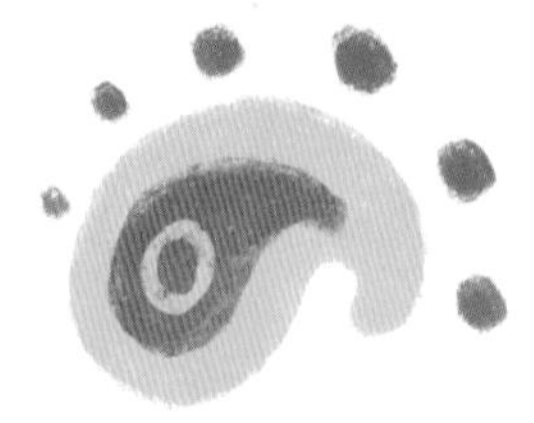

Mot de l'auteure

Le bindi est porté par de nombreuses filles et femmes en Inde, et son nom est dérivé du mot sanscrit *bindu*, qui signifie « goutte ». Il s'agit traditionnellement d'un point rouge entre les sourcils, un endroit considéré comme un point libérateur d'énergie dans le corps humain. Dans la tradition hindoue, il est le troisième œil intérieur. Les deux yeux physiques voient le monde extérieur, alors que le troisième se concentre sur l'intérieur. Comme la couleur rouge est un symbole de prospérité dans la culture hindoue, ce point rouge est considéré comme un signe de bonne fortune.

De nos jours, ce ne sont pas toutes les femmes qui poursuivent la tradition du bindi. Pour certaines, c'est devenu un accessoire de mode, mais pour beaucoup d'autres, il demeure un symbole puissant et une tradition que les familles transmettent aux générations suivantes. Le point rouge a été remplacé par toutes sortes de formes et de couleurs. Il peut s'agir d'un ovale ou d'un triangle, et le bindi peut être incrusté de pierres scintillantes ou parsemé de perles.

Je me souviens encore du visage d'une petite fille que j'avais rencontrée lors d'une visite dans une école d'Edison, au New Jersey. Elle était assise au premier rang, un grand sourire sur son visage et un bindi luisant sur son front. Cette image m'est demeurée en mémoire très longtemps et m'a inspiré ce récit.

J'ai remarqué que certains jeunes d'origine indienne en Amérique sont réticents à dévoiler leurs traditions. Ils veulent se montrer à la hauteur de la minorité modèle, et la nécessité de s'intégrer et de s'assimiler leur est inculquée dès le plus jeune âge. J'ai écrit cette histoire pour donner à chaque petite fille hindoue le courage d'embrasser sa culture et ses traditions, comme l'a fait cette fillette à Edison avec son bindi brillant et son sourire éclatant.

— Gita Varadarajan

Mot de l'illustratrice

Ma sœur et moi étions hindoues et fréquentions un couvent dirigé par des missionnaires chrétiens, comme plusieurs autres enfants dans les années 1970 et 1980 à Bangalore. Nos camarades étaient majoritairement hindous, et quelques-uns pratiquaient d'autres religions. Pourtant, lorsque notre père nous encourageait à porter un bindi, nous refusions presque toujours parce que nous pensions que ce n'était pas « cool ». Même si nous étions en Inde, nous résistions au port du bindi, du pattu pavadai (jupe et blouse en soie traditionnelles du sud de l'Inde) et de nombreux vêtements traditionnels. Nous voulions porter des jeans et des tee-shirts, ou des jupes courtes et des chaussures pointues à talons qui claquaient sur le sol. Ce n'est que de nombreuses années plus tard, vers la fin de la vingtaine, que j'ai commencé à apprécier les traditions indiennes. Plus les années passaient, plus je me sentais bien dans ma peau, et plus cette exploration de mes racines s'intensifiait. La transformation que vit Divya dans ce livre est un processus qui se poursuit toujours pour moi. Et ce sera le cas pendant de nombreuses années, à mesure que je découvrirai toutes les couches qui font de moi qui je suis!

— Archana Sreenivasan

Gita Varadarajan est née et a grandi en Inde. Elle a travaillé auprès d'enfants partout dans le monde et enseigne maintenant en deuxième année à Princeton, au New Jersey. *Mon bindi* est son premier album et elle a également coécrit le roman jeunesse *Save Me a Seat.*

Archana Sreenivasan est une illustratrice à la pige vivant à Bangalore, en Inde. Ses illustrations ont figuré dans de nombreux magazines, livres pour enfants et bandes dessinées, et sur plusieurs couvertures de livres. Elle s'inspire de la nature et des gens, et est fascinée par les chats.